Reinhold Aumaier

Geboren 1953 in Linz, aufgewachsen in Obermühl an der Donau, lebt mit Unterbrechungen als Musiker und Schriftsteller seit 1983 in Wien.

Seit 1982 viele Buchveröffentlichungen, Hörspiele, Arbeiten für den Rundfunk, journalistische Tätigkeit und Kompositionen.

Im Herbst 1999 erhielt er den "OÖ. Landeskulturpreis für Literatur".

Sie möchten den Autor zu einer Lesung einladen?
Kontaktaufnahme: LITERATURKANZLEI (07228) 6413

CIP-Titelaufnahme der Deutschen Bibliothek
Aumaier, Reinhold: wechselbad blues
1. Auflage Linz – Wien, Resistenz, 2002
ISBN 3-85285-083-5

Satz & Layout: Walter Hagenberger
Umschlaggestaltung: Svenja Sahn
Umschlagfoto: Karoline Kreibert
Druck: Benno Käsmayr

Der Verleger dankt der

Oberbank Urfahr

für das Sponsoring zu dieser Buchproduktion!

Reinhold Aumaier

WECHSELBAD BLUES

Gedichte 1995 - 2002

Resistenz

für Gordana,

Soul-Talk-Masterin

Herzlich Reinhold A.

Du merkst zu spät, das Leben ist gelaufen,
auch wenn du's noch so führst.

Peter Rühmkorf

Es ist wegen Plumpi - Strumpi.

Mozart (an Konstanze)

in	
ner	
si	in
lence	nen
	stil
out	le
er	
	aus
song	sen
	ge
	sang

Robert Lax

tektonik

oft ist es schön
kein gedicht
zu sein

manchmal wäre es schöner
kein mensch
zu sein

im grunde herrscht rechtzeitigkeit
fortwährend - stets

wir aber schwimmen obenauf
immer noch - stets

hardcore

der kühlschrank: zu laut
deine stimme: zu leise

der vogel könnte fliegen...
singt aber nur

die zähne - frisch geputzt
und zum ausbeißen
schön - begegnen einander
wieder nur selbst

Midlife-kriSekunden-tod

als er spürte
daß ihn das leben
an der hand
zu nehmen
begann

baute er sich
ein schattenzelt
aus kittelfalte und
schürzenzipf

so verpuppt
entlarvte
er sich ein zweites
mal
als
kind

im namen des vater
dem schlaflied der mutter

im rahmen des todes
dem schlachtfeld der zeit

Seins fiction

wieviel herzeigbares
spiegelt sich
im auge des gegenübers

wieviel minderwertiges
verköchelt in der schweißnaht
der handfläche

wie wenig
berechtigt
zum aufatmen

wie sehr
ist man bloß
programm

ausdruck des seins

fiction auf zeit ?

schicksal; trächtig

vereinsamen

wie ein heuhaufen
um eine stecknadel

das
in-sich-zusammenfallen
üben und es gleichzeitig
vermeiden wollen

so auch
das feuerfangen

im-regen-stehen

verdorren
                    über
                              nacht

telegramm 11 nu119 19hundertneunzig5

montag s t o p 20uhr31
s t o p esse knabberkürbis s t o p aus
biolog. anbau s t o p umstellungs-
betrieb s t o p gegen die
einsamkeit s t o p direkt
vom bauern s t o p be-
standteile s t o p
kürbiskerne
&
salz s t o p

fortsetzung folgt
s t o p

augen(t)rost

die Gemeine Heidelibelle
orientiert sich mit
insgesamt
etwa
40 000 einzelaugen

sie ermöglichen
durch unterschiedliche
funktionsweisen
eine effiziente arbeitsteilung

du gemeiner hund
verlierst
immer rascher
überblicke
die du s o eh nie
gehabt hast
&
schaust
immer reumütiger
durch zwei brillengläser
durch
        die
            finger

p r i c k e l n d

verkündet die
halskrause der
mineralwasserflasche

auf meiner
hätt' ich eine
stünde: b r ö c k e l n d

der buchstäblich kleine unterschied

und schon drückt
dir ein programm aus
durch u n d standhalten
die kehle zu

du würgst
am leben
es an dir

krea(tor)tur

s o l o gebrüll eines
berggorillas / implantiert
in deiner brust / mehr
ist nicht drin
an dir nicht
dran

etwas
schreit
in jedem
zum himmel
                  :
                  klopfthämmertpochtjault

stumm
filmt gott
seine irdene brut
:
pater noster(nd)
                    im
                        auf / schrei / hals

ein schrei...

& du
hast
die stille
am hals:

milchhautgetöse

blue notes in aspik

einweg
            elfenbeinturm
                                   de luxe

sein schweigen
mauert dir frei
den SINN

nach unten offen

alles kehrt wieder

nur: in anderem (k)leid

die freude darüber

hält sich in grenzen

nadelt in kränzen

ab
    ueber
        dem
            grab

recycling pur

am ende
sind wir
biomüll

staubgekröse
volles blatt

im Anfang
eine filmidee

:samenzell
uloid & ton

dazwischen

:drehbuch lebenslauf
geritzt in alt
papier wie
neu

aus der relationosphäre

über die
geschwindigkeit
von seerosen
kann der
wasserfloh
nur milde lächeln

über die
predigten
blutiger laien
kann der
wahre gläubige
nur weinen bitterlich

über die
gnadenlosigkeit
von glaubenskriegern
dürfte gott
nur traurig sein

das jedoch
unendlich,
tief

stilleben; märchenhaft

kalt
gepresster
sonnenstrahl

daneben
-schlafwarm noch -
die erbse

prinzessin
schält
sich
aus dem traum

birne, traube
warten ab

herbst?gedicht

die blätter
fallen

wie ersichtlich
nicht
von weit

der baum
zeigt grösse

weiss aber um: hochmut / fall

der fensterplatz
dir angemessen
wärmt den blick

erwärmt
behut- und
langsam dich

für
    deinen
            bunten
                    tag

das größ(?)ere glück

der regen
stellt sich
fallen
          d

aus den
rolling stones
tropft blu
               es

ein tag zerrinnt

der kleine fisch

mitten
          im
               aquarium

glotzt hinaus ins paradies

letzte runde(n) einsamkeit

ein abgeworf'nes
geweih im sand
drumherum: blutige
laien im kreis

ein killervirus
sentenced to death
auf halbem weg
zum elektrischen stuhl

ein konkreter poet
allein an der bar
in seinen händen
:
T for Two

ein ewig
aufgeschob'ner kuss
in warteschleife
auf langer bank

Buckelwahl

alle haben die wahl
& viele nuetzen sie

:der apfel
macht einen
obstkorbbuckel

die mausefalle
einen kätzenbuckel

der verseschmied
einen Bleistiftbuckel

gott
einen
papstbuckel

die zeit
einen
vergänglichen

der tod
den eines
lebemanns

akt

ein fenster

die glasigen blicke allesamt leid

geht auf
            &
               davon

wir schau'n
durch die finger

passen uns an

lotsen die augen
durch handwarme luft

action painting paradise

es würfelt mich
jemand in seinen traum

hat sechs augen

gott?

es träumt mich
jemand in seinen Würfel

riskiert ein auge

gott?

ein apfel
stillgelegt
einst von
          cezanne

rollt rund
heraus ins
          paradies

wechselbad blues

das leben steckt kurz die
nase herein - zur tür - es ist
draußen; spielen.

dann wieder das sterben
in den eig'nen vier wänden

ungetrübt wie schnee im fall

im wechselbad die gummiente
kreist gelassen
auf dich zu

verwünscht

wär gern kranführer
geworden: hoch
hinauf & ab
gekapselt

so ein gleichgewichtigtuer

himmelhoeher
jauchzen könnend
- bei bedarf -
nicht so betrübt

vom gramführer
- dem überleben pur -
mittlerweile eingeholt

bin ich der erd'
zur lebzeit nahe
wie ein toter
seiner seel'

prägung

heiße nicht viel

& hab doch
einen namen

buchstabenpfloecke
grenzen mich ein

lautmalerei
färbt
auf mich ab

aufruf
abruf
nachruf

                genügt

auto suggestion

angegurtet
bist du rasch
d e n n
hinter der
windschutzscheibe
lockt die windstille

a b e r
die außenwelt
fliegt vorbei
und verfließt
u n d
das mobil
gemachte selbst
bewußtsein
räumt die
kriechspur
aus dem weg

d o c h
an ihr wird
man dich messen

zwischen leben & tod

in der kurve
am ziel

auflösender moment

wir
nervenzuchthäusler auf weiter flur
- die mauern, gefallen, sind noch warm -
unterwegs, taumeln wir, wollen was werden:
beschriebene blätter im dicken roman
gejagt, erlegt, zur sprache gebracht
leben wir schwarz auf weiß & ... wozu?
für farbe - wieviel? - sorgen wir selbst
vita kunterbunt: unser karten(zu)haus

nerven, zuhauf, im engsten kreis
bündeln, zerstreuen dich - lösen uns auf

aufrufezeichen

bin nackt
bis auf die haut
: selbst ihr säureschutzmantel - perdu

die knochen geben morsche
zeichen; fleisch
& blut dörren
aus
.
hol' mich
in dein bärenfell

lass' deine krallen
meine werden

zögere uns nicht hinaus

hochmut

für christl lieben

jeder von uns
ist blindenstock

blindenstock
seiner seele
auf zeit

der weg ist
abgekartet

führt im kreis

im spiralnebel
geht's rund

& artet
schließlich
oben aus

selbstversorgie

länge x breite:
nagende zweifel

kopf & herz
im piranhaschwarm

die drohende kälte
von nacktem gebein

macht appetit
auf einheizbrei

: löffel(chen)weise
wird dir warm

im gaumenfreuden-
haus geht's rund

: das innenfutter
gibt dir halt

langsam wirst
du, was du ißt

schlußfolterung

jaguargrün
als ob es das gäbe
streife ich auf sandpfoten
die könnte es gehen

durch das unterholz
das gibt es tatsächlich
meiner hirngespinste

als ob es mich gäbe

frau holle. sand. männchen gott

der sand am
meer liegt wie sand
am meer am
meer

ulrike lügt

max ist der wahrheit zugetan

frau holles
schüttellähmung trifft

trifft schneemenschen
und wintersportler
gleichermaßen
hart

gott, der
lüge abgeneigt, geht
mit ulrike ins
                    jüngste
                              gericht

das trifft sich, sagt
frau holle, gut

und schüttelt
max aus dem ärmel
ins meer

ein sandmännchen
mehr streu(n)t
                                        ziel
                                                    los
                                                            her ... um

wer was tut / und was geschieht

der tag tagt / die nacht nächtigt
die schnapsdrossel drosselt schnaps
der torschützenkönig schützt könige vor toren
die supermacht macht's super
der fernsehansager sagt die fernsicht an
der haubenkoch
der lieferwagen wagt lieferungen
die brotdose dosiert brot
das lebkuchenherz herzt lebkuchen
die baumkrone
die gebrauchsanweisung weist gebräuche an
die ladehemmung hemmt laden
das ritterkreuz kreuzt ritter
der wegelagerer lagert wege
der tintenfisch
der zebrastreifen... wird leicht übergangen

lauerteig

ratloser rabe
sitzt da
und wartet;
wartet bis der dichter
ihn wahrnimmt.
sitzt modell...
es regnet
in striemen

gefangen
im lauerteig,
malt uns der tag

...jauchzend und etwas zu.... betrübt

nicht
mann & frau
steht
auf dem spiel

bei uns; nein:

SOS

: mensch
mit
mensch

unser
spielplatz:
ganz rouletteland

unser
einsatz
          :
          himmelhoch...

z(w)isch(en)stadium

sie kam
    sah
    und
versengt mich glatt

    und
verkehrt
      &
legt mich zwischendurch
    auf
    eis

    ihr
g- & mein
gefrierpunkt
legen lunte
    uns
          &
              spur

lüge, fakten, kontraktionen

ein elefant
hat sieben flügel

die birne
stengel oder watt

über uns
treibt eine wolke

zwischen uns
passt kein Blatt

startsch(1)uss

wir kennen
einander kaum

wir kennen
einander kaum

wir konnten
einander kaum

wir konnten
einander kaum

kennen
können

:

schon vorbei

nach beiden seiten affen

ein mensch
besitzt ungefähr
100 000 gene

der typ
mit den 6 richtigen
ein paar mio. mäuse

welche überlegung
der mensch
im gehirn eines
elefanten spielt
steht in den sternen

dass das krokodil
einem vom aussterben
bedrohten homo sapiens
keine träne nachweinen würde
liegt auf der hand

der affe
genießt sein
sowohl
/
als auch

vorher so dann

sie versprachen einander
den himmel auf erden

die ferne
ganz nah

die hölle
so heiß

.

bald
der wunsch
nach fegefeuer

mittelmasz u.
zwischenspiel

erkor’ne liebesmüh

dein herz reicht mir den kleinen finger
ein tröstendes pflaster wächst in die hand
ein liebeslied betört den sänger
das meer steigt flu(ch)tartig an land

u h r

plötzlich sind da
:
nägel mit kröpfen
hemden mit klagen
bäume mit esten
hunde an launen
äpfel im schafrock
fehden aus tau

selbst
schmiede mit versen
gehen nicht ab

bläschen-blues

der herpes
entferner geht um

schwer bewaffnet
zieht er ein

stellt seine anti
körper habt
acht

bringt den
killervirus
auf zack

wir - fiebern
ihm entgegen

können nicht
aus unsrer haut

wien zentralfriedhof

(ein luises Lautgedicht anlässlich ernst jandls grablegung am 26. juni 2000 vor ort)

anstr e n g e n d
ein e n g e n d
war
sein
leben

er w e i t e r n d
auf h e i t e r n d
n u n
        d e r
                t o d

dreierlei lied

man sagt:
er bringe die dinge
auf den punkt

er sagt:
ich dränge sie
bis sie getunkt

ich sage:
die dinge
von ihm gedungen
drängen selber
zu tage
.

so wohl alsauch

ja
den letzten
beissen die hunde
doch
vielleicht schmeichelt
ihm auch die katz'

ja
krieg ist der vater
allerlei dinge
doch
ebenso mutter
geopferten seins

jein
alle wege
führen nach rom
doch
ebenso jene
nach rio & scheibbs

nein
nicht jedes
kind ist goldig
denn
lx trägt, dann
trügt der schein

nein
der apfel

fällt nicht weit
denn
eva lauert schon am stamm
fängt ihn auf
fürs paradies

a b (et) c(etera)

das erbgut des reises
enthält insgesamt 430
millionen genetischer „buchstaben“

diese buchstabensuppe hier
gerade am köcheln
am ende „gedicht“
genannt...vielleicht
: enthält das
allerletzte lächeln
eines clowns
der niemals weinte

die allererste
trauerminute
eines neuen erdenbürgers
und das
urlaubsfoto
eines hasen
der entspannt
im pfeffer liegt

annahme. trost?

von der daseins
bescheinigung

zur
daseins
berechtigung

ist es nicht weit

nur
ein
sprung

der
dich
öffnet

heillos entzweit
.
von a
bis z

dies die heilsame lehre

kommst
du blosz über

g
 o
  t
   t

purgatorisches gekläff

ich stehe
bis zum hals
im gnaden- oder
knäckebrot

eine bröselbraut
winkt ihre sehnsucht
nach ferne
näher zu sich heran

dem bäcker aller bäcker
fressen wir ständig
jedwede brotsorte
frisch aus
der hand

müssen es tun

tun wir es nicht
dann tun wir's
erst recht

ich luege
vom scheitel bis
zur sohle
zwischen gurken
aus dem glas

ein senfkorn
kitzelt mich
aus allen träumen
im fegefeuer
brennt noch
licht

bartstoppel-blues

ich habe mich
heute morgen
schlecht rasiert

weder absichtlich
noch gedankenlos

solcherart
streckte ich
der alles andre
als perfekten schöpfung
meine zunge

heraus

kam dabei
nichts

nur
sie
selber
:
kurz & feucht

schlafmünze

J.W.von - en detail

267 Servietten
34 Tischtücher
58 Laken
108 Handtücher
194 Hemden mit Manschetten
82 Hemden ohne Manschetten

besaß Goethe als
er nach Straßburg ging

Siebe Maßbecher Mandelmühle
Gurkenhobel Muskatreibe und
Lichtschere waren
aus Blech

Nun
wissen wir
mehr oder weniger
mehr

Haben's uns immer schon gedacht

Der Mann
war nicht
ohne

Lichtgestalt
Geheimrat

Mensch

oh yeah -   o j e

dein um
weg zu
mir

:

herz
zer
reisend

überall ist wundenland

man sät & bereitet
was uns bald
blüht

cupido
rührt
das
pfeilgift
an

ich
kremple
schon mal
die umarmungen
hoch

müßiggängers kl. traum

einmal
was anderes
tun als
nichts

was
weltbewegndes
zum beispiel

sein kreuz tragen von a nach b

bitt're
wahrheiten
versüssen

dem ganzen
sondermüll was
pfeifen
und als
rattenfänger
flöten
& dann vor die hunde gehn

als kopfgeburt
ins nächste leben
schlüpfen wie
ein fisch ins netz

zerzausesehritt

hölzerne bitt’

war gern
ein hutschpferd
auf der
hutscherd’

lebenslänglich
frisch lackiert

.

hinterrücks
stets
kinder drauf

nähm ich
mein dasein

leicht verschaukelt

abge
hobener
in
kauf

dornröschenschaf

KREUZ-ZUG fährt ab

weiss gott - janus
kopf ohne unterleib

noch
was er will
tun kann
und soll?

toll
treiben es
seine ver(k)ehrer

zu kreuz
zug kriechen
steht nun an

da:	dort:
god	aufruf
bless	zum h
america!	eil'gen krieg

im
WORLD HATE CENTER
wird
gezündelt

EINSTÜR
ZENDE
ALT
BAUTEN
seh'n
rot

clash of irritations

!
entwurzelte menschen mussten entwurzeln
müssen entwurzelte menschen entwurzeln?

sie kamen flugs aus heiterem himmel
doch nichts kommt wirklich aus heiterem himmel

von ihrem gott zum anderen gott
war der glaubens-weg plötzlich zu weit
geworden: der seil
tanz auf schmaler klinge
hat sie am ende entzwei
gesprengt

die selbstmordattentäter sind weg
ihr echo-aufschrei hallt uns ein

der herbst

belauert
dich, das deine

noch im kartoffelfeuer: glut

rückgratverdrossen
lehnt der birnbaum
halb in nebelsuppe
/
licht

das jahr beäugt
sein ablaufdatum

kunterbunt
verfällt
das laub

aus ihrem
sommerschlaf
erwachen
da & dort
die ersten schals

gähnen
räkeln
schütteln
sich
&
harren
eines ersten
winks

dunkelheutig

der wasserabweisende meeresspiegel

:
eine erfindung gottes
in zusammen-
arbeit mit
der natur.

der regen?

kann schauen,
wo er
bleibt.

in allen wolken,
aus denen er
soeben noch gefallen.

auf hänge-
matten
in der
luft.

in bogenform: in
a l l e n farben
zwischen wal und
schiff & strand.

zum trost
verbrüdert
mit der sonne,
spielt er
trocken
ganz auf zeit.

verehrungswürzigste!

friederike mayröcker
zum 77. geburtstag

ob zieh- oder
zippbrunnen

egal

du holst legal
deine beute herauf

dein wortschatz
ist währung

harte:zarte
durch die bank

dank bearbeitung
der münze
prägst du
uns von A
bis
Z

?

danke der fangfrage

es geht so

ich bleibe

ganz der alte
                    rnde

zwischen lebensmitteln & sterbehilfe

gibt es kein zurück.

heimweh & heimweg ver

trösten

?

na
   ja

künstler.pech?

beim versuch
von der hand
in den mund
zu leben

fraß ihn
das gedulds
spiel
auf

BERGFELD 17. Der Stand der Dinge

27. September 2002

Betrifft: Publikationsforum - Rosenhaus - 83

I. *Resistenz bedeutet Widerstandsfähigkeit, und Literatur hat einen so geringen Stellenwert in unserer Gesellschaft, daß es starker Resistenz bedarf, Schriftstellern ein gutes Publikationsforum bieten zu können.*

II. Für Resistenz wird ja vornehmlich in Wien gearbeitet, mein mir liebster Schreibtisch steht aber im oberösterreichischen Kremstal, nur unweit von Stifters Rosenhaus.

III. *Andere drucken Bücher. Ich verlege AutorInnen*: Reinhold Aumaiers Gedichtband „wechselbad blues" in der Reihe „poems/please" ist die 83. Resistenz Titelmeldung beim Börsenverein des Deutschen Buchhandels.

Herzlichst,

Dietmar Ehrenreich

eMail: dietmar.ehrenreich@gmx.at